ORLANDO NILHA

Dandara e Zumbi

1ª edição – Campinas, 2022

HÁ MUITOS E MUITOS ANOS, PESSOAS NEGRAS ERAM TRAZIDAS DE VÁRIOS PAÍSES DA ÁFRICA PARA TRABALHAR SEM RECEBER NADA EM TROCA. OS ESCRAVIZADOS ERAM MALTRATADOS E DESRESPEITADOS.

ALGUNS CONSEGUIAM FUGIR PARA ESCONDERIJOS NO MEIO DO MATO CHAMADOS DE QUILOMBOS.

NA REGIÃO HOJE CONHECIDA COMO ALAGOAS, EXISTIA UMA TERRA DE LIBERDADE E ESPERANÇA: O QUILOMBO DOS PALMARES.

O QUILOMBO DOS PALMARES FICAVA NO ALTO DA SERRA DA BARRIGA, NUM LUGAR MUITO DIFÍCIL DE ENCONTRAR.

ERA BEM GRANDE E RECEBIA QUEM PRECISASSE DE AJUDA.

LÁ NEGROS, INDÍGENAS E ATÉ BRANCOS VIVIAM JUNTOS E LIVRES.

FOI EM PALMARES QUE NASCEU ZUMBI.

MESMO ESCONDIDO NO ALTO DAS MONTANHAS, PALMARES SEMPRE ERA ATACADO POR GRUPOS QUE QUERIAM ACABAR COM O QUILOMBO E LEVAR AS PESSOAS DE VOLTA PARA A ESCRAVIDÃO.

PALMARES RESISTIA, MAS, NUM DESSES ATAQUES, ZUMBI FOI ROUBADO DO QUILOMBO.

O BEBÊ FOI DADO DE PRESENTE PARA UM PADRE, QUE O ENSINOU A LER E ESCREVER.

ZUMBI VIVEU COMO ESCRAVIZADO ATÉ OS 15 ANOS, QUANDO FUGIU E VOLTOU PARA PALMARES. ELE QUERIA ESTAR COM SEU POVO E VIVER EM LIBERDADE.

EM PALMARES, ZUMBI LOGO SE DESTACOU POR SUA INTELIGÊNCIA E SE TORNOU UM GUERREIRO PARA DEFENDER O QUILOMBO.

ENTÃO ZUMBI CONHECEU DANDARA, UMA JOVEM CORAJOSA QUE TAMBÉM LUTAVA PELA LIBERDADE.

NAQUELE TEMPO, O TIO DE ZUMBI ERA O LÍDER DE PALMARES.
ELE SE CHAMAVA GANGA-ZUMBA.

O GOVERNADOR FEZ UM ACORDO COM GANGA-ZUMBA. PROMETEU TERRAS E LIBERDADE, MAS AS PESSOAS DO QUILOMBO DEVERIAM SE MUDAR PARA OUTRO LUGAR.

OS MORADORES DE PALMARES FICARAM DIVIDIDOS. UMA PARTE ACEITOU O ACORDO, E A OUTRA PARTE ESTAVA DESCONFIADA.

ZUMBI E DANDARA SABIAM QUE AQUELA NÃO ERA A MELHOR OPÇÃO PARA SEU POVO E SE NEGARAM A SAIR.

GANGA-ZUMBA SAIU DO QUILOMBO LEVANDO AQUELES QUE ACREDITAVAM NO ACORDO.

LOGO DESCOBRIU QUE TUDO ERA UMA ARMADILHA.

ELES ACABARAM PERDENDO A LIBERDADE.

DEPOIS DISSO, ZUMBI SE TORNOU O GRANDE LÍDER DE PALMARES.

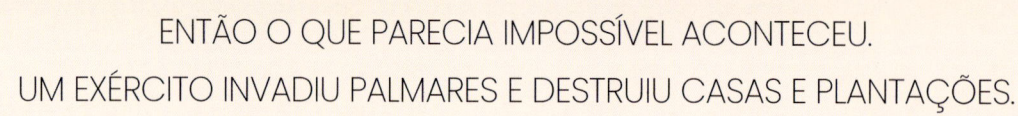

ENTÃO O QUE PARECIA IMPOSSÍVEL ACONTECEU. UM EXÉRCITO INVADIU PALMARES E DESTRUIU CASAS E PLANTAÇÕES.

TODOS OS ANOS, NO DIA 20 DE NOVEMBRO, É COMEMORADO O DIA DA CONSCIÊNCIA NEGRA E O DIA NACIONAL DE ZUMBI DOS PALMARES.

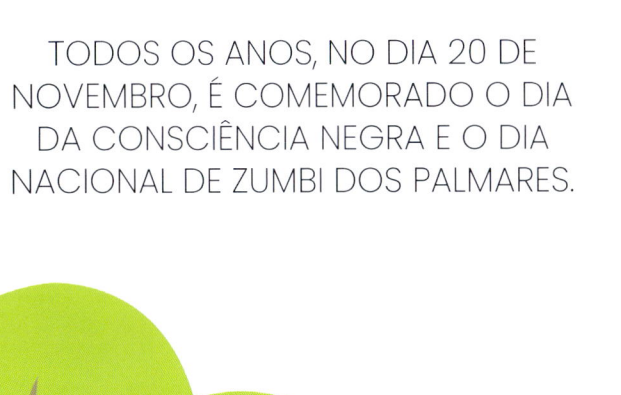

PARQUE MEMORIAL QUILOMBO DOS PALMARES

HOJE EM DIA, É POSSÍVEL VISITAR O PARQUE MEMORIAL QUILOMBO DOS PALMARES E CONHECER UM POUCO MAIS DA HISTÓRIA DESSE SÍMBOLO DE LIBERDADE E JUSTIÇA.

EDITORA MOSTARDA
WWW.EDITORAMOSTARDA.COM.BR
INSTAGRAM: @EDITORAMOSTARDA

© A&A STUDIO DE CRIAÇÃO, 2022

DIREÇÃO:	PEDRO MEZETTE
COORDENAÇÃO:	ANDRESSA MALTESE
PRODUÇÃO:	A&A STUDIO DE CRIAÇÃO
TEXTO:	ORLANDO NILHA
REVISÃO:	ELISANDRA PEREIRA
	MARCELO MONTOZA
	NILCE BECHARA
DIAGRAMAÇÃO:	IONE SANTANA
ILUSTRAÇÃO:	LEONARDO MALAVAZZI
	HENRIQUE S. PEREIRA
	GABRIELLA DONATO

```
Dados Internacionais de Catalogação na Publicação (CIP)
       (Câmara Brasileira do Livro, SP, Brasil)

Nilha, Orlando
    Dandara e Zumbi / Orlando Nilha. -- 1. ed. --
Campinas, SP : Editora Mostarda, 2022.

    "Edição especial"
    ISBN 978-65-88183-70-0

    1. Brasil - História - Palmares, 1630-1695 -
Literatura infantojuvenil 2. Dandara, 1655-1694 -
Literatura infantojuvenil 3. Zumbi, 1655-1695 -
Literatura infantojuvenil I. Título.

22-114471                              CDD-028.5

            Índices para catálogo sistemático:

  1. Dandara e Zumbi : Biografia : Literatura
     infantojuvenil    028.5
  2. Dandara e Zumbi : Biografia : Literatura juvenil
     028.5

Cibele Maria Dias - Bibliotecária - CRB-8/9427
```